Alexandre Morais

A peleja do BOTO COR-DE-ROSA com a SEREIA IARA

Xilogravuras de
Nireuda Longobardi

SUINARA

Copyright © Editora Suinara

Gerente Editorial:
Cristiane Miguel

Projeto Gráfico:
Fábio Sgroi

Diagramação:
Verbo e Arte Comunicação

Revisão:
Deborah Quintal

Dados Internacionais de Catalogação na Publicação (CIP)
(Câmara Brasileira do Livro, SP, Brasil)

Morais, Alexandre
A peleja do boto cor-de-rosa com a sereia Iara / Alexandre
  Morais ; xilogravuras de Nireuda Longobardi. -- São Paulo :
  Suinara, 2012. -- (Coleção cordel encantado)

ISBN 978-85-65380-02-7

1. Literatura de cordel - Brasil 2. Poesia popular brasileira -
  Literatura infantojuvenil
I. Longobardi, Nireuda. II. Título. III. Série.

12-09845   CDD-028.5

Índices para catálogo sistemático:
1. Literatura de cordel : Literatura infantil 028.5
2. Literatura de cordel : Literatura infantojuvenil 028.5

2012
Todos os direitos reservados à
Editora Suinara
Rua Maria Afonso, 76 – CEP 03370- 020 – São Paulo – SP
Tel.: (11) 3539-5167 / (11) 8660-7696

Alexandre Morais

A peleja do BOTO COR-DE-ROSA com a SEREIA IARA

Xilogravuras de
Nireuda Longobardi

SUINARA

Numa tarde de domingo
Após uma chuva fina
O rio corria manso
Acompanhando a neblina
Para se entregar ao mar
E cumprir a sua sina

Era hora dos encontros
Dos jovens das redondezas
Que às margens daquelas águas
Eram príncipes e princesas
Dividindo simpatias
Multiplicando belezas

Era o cenário perfeito
Para o Boto cor-de-rosa
Aparecer pelas margens
Todo solto, todo prosa
E aproximar-se das moças
Da forma mais glamourosa

Só que também era hora
Da bela Sereia Iara
Surgir nas pedras do rio
E ainda na tarde clara
Apresentar aos rapazes
Sua beleza tão rara

Surgiu então um conflito
Entre o Boto e a Sereia
Cada qual queria só
Dominar rio e areia
E assim deu-se entre os dois
Uma briga muito feia

Disse o Boto: – Vá embora
Que esse rio é todo meu!
Disse ela: – Nada prova
Que ele seja todo seu
Se quiser saia você
Que aqui quem manda sou eu

O Boto bravo ficou
E deu um grande mergulho
As águas bem agitadas
Provocaram um barulho
Enquanto a Sereia nobre
Esbanjava seu orgulho

Mas o Boto retornou
Para tudo resolver
Disse: – Daqui um de nós
Tem que desaparecer
E a peleja aconteceu
Como agora vamos ver

Boto – Dona Sereia você
É bem atraente e bela
Tem um canto encantador
Que grande atração revela
Mas não moro numa casa
Com mulher mandando nela

Sereia – Na verdade sou aquela
Que encanta todo ambiente
Você também é bonito
Muito forte e atraente
Mas não queira por ser homem
Ser melhor nem diferente

Boto – Então hoje mesmo a gente
Terá que tudo acertar
Com você ficando aqui
Não poderei namorar
Porque as moças lhe vendo
Vão fugir deste lugar

Sereia – Não queira se exaltar
Nem tão pouco se exibir
Com você por essas bandas
Eu já posso pressentir
Os rapazes que namoro
Também vão logo fugir

Boto – Mas você tem que sair
Pois aqui é meu domínio
Há muito que nessas águas
Que exerço meu fascínio
E você ficando aqui
Meu castelo entra em declínio

Sereia – Todo rio é condomínio
Dos peixes e outros seres
Muitos vivem em harmonia
Dividindo seus prazeres
E mudar o que é certo
Não vejo porque quereres

Boto – Não venha com seus dizeres
Difíceis de interpretar
É falante, é orgulhosa
Gosta de se enfeitar
Mas este galã das águas
Nunca que vais encantar

Sereia – Eu não quero lhe enganar
Deixe de ser prepotente
Não ataque assim o próximo
Seja um cidadão decente
E saiba que a arrogância
Envenenou muita gente

Boto – Não pense que de repente
Eu vou mudar meu conceito
Há tempos que lhe conheço
Sei muito bem do seu jeito
Não queira pousar de boa
Porque também tem defeito

Sereia – Todo mundo está sujeito
A tropeçar nessa vida
Mas a vida é muito bela
E simples de ser vivida
E devemos entendê-la
Como graça recebida

Boto – Oh conversa descabida
Pr'uma hora como esta
Pode guardar seu sorriso
Que não estamos em festa
Vamos sanar o problema
Que entre nós ainda resta

Sereia – Eu prefiro é esta aresta
Apararmos sem demora
Este rio é muito grande
Cabe até quem vem de fora
Vamos conviver tranquilos
Sem que ninguém vá embora

Boto – Não confio na senhora
Pois é bem enganadora
Com seu papo e com seu canto
Vira deusa encantadora
Mas quando conquista alguém
É muito dominadora

Sereia – Esta fama tentadora
Você carrega também
Pois se aproxima das moças
As provoca e faz o bem
Mas depois as abandona
Porque nunca amou ninguém

Boto – Que direito você tem
De querer julgar a mim
Cada um tem o seu jeito
E o meu jeito é assim
Já acho que essa conversa
Tá precisando ter fim

Sereia – Ah, seu Boto, agora sim
Fizeste boa proposta
Porque conviver com brigas
Ninguém deve, ninguém gosta
Pra selar nossa amizade
Te convido pr'uma aposta

Boto – Pois 'sim' é minha resposta
Quero acabar essa briga
A mãe natureza ensina
Não devemos ter intriga
Diga qual é a aposta
Diga logo minha amiga

Sereia – A aposta é muito antiga
Porém diverte um bocado
Vamos juntos mergulhar
Nos mantendo lado a lado
E ganhando quem passar
Maior tempo mergulhado

Boto – Adoro ser provocado
E adoro competição
Uma aposta desse tipo
Eu nunca que abro mão
Mas me responda: – O que ganha
Quem se tornar campeão?

Sereia – A maior premiação
Será a nossa amizade
Nosso tempo aqui nas margens
Reduzirá à metade
Sendo assim nós poderemos
Ficar só e à vontade

Boto – Então vamos, na verdade
Um acordo assumir
Em um dia vou vir eu
No outro você vai vir
E assim nós não mais teremos
Razão para discutir

Sereia – Vamos também decidir
Que precisamos nos ver
Quem sabe todos os sábados
Logo após o amanhecer?
Tenho certeza que assim
Bons amigos vamos ser

Disse o Boto: – Que prazer
Ter conversado contigo.
Já a Sereia: – Que bom
Poder te ter como amigo.
E os dois conviveram bem
Como irmãos num só abrigo

Dão o Boto e a Sereia
Um exemplo de respeito
Outro dia ouvi dizerem
Um pensamento perfeito:
– Bem que os humanos podiam
Conviver do nosso jeito!

XILOGRAVURA

Arquivo pessoal

A artista plástica Nireuda Longobardi criou as imagens deste livro usando a técnica de xilogravura, na qual o desenho é feito na madeira e possibilita a reprodução da imagem sobre papel ou outro suporte adequado. É um processo muito parecido com um carimbo.

Com ajuda de um instrumento cortante a imagem é entalha na madeira. Para reproduzir a imagem, passa-se um rolo de borracha embebida em tinta sobre a madeira (que agora é chamada de matriz). A tinta toca apenas as partes elevadas do entalhe.

Então, coloca-se a madeira entintada em contato com o papel, carimbando-o.

A xilogravura surgiu na China, provavelmente no século VI.

No ocidente, desenvolveu-se durante a Idade Média e por muito tempo foi usada para reproduzir imagens, além de contribuir na produção de livros ilustrados.

No Brasil, a xilogravura tornou-se bastante popular na literatura de cordel.

Alexandre Morais

Tem 35 anos, é formado em comunicação social, poeta e produtor cultural. Nascido e residente em Afogados da Ingazeira, no sertão do Pajeú pernambucano, cresceu rodeado pelas artes e saberes populares, em especial pelo encanto dos cantadores repentistas. É autor de cordéis e tem participação em coletâneas e livros de poesia. Declamador e glosador, promove e se apresenta em eventos diversos, além de ministrar oficinas sobre cordel e poesia popular nordestina. Em sua jornada, tem trabalhos credenciados pela Fundação do Patrimônio Histórico e Artístico de Pernambuco (Fundarpe), Universidade Católica de Pernambuco, Sesc e Ministério da Cultura.

Contatos:
ajlmorais@gmail.com
www.culturaecoisaetal.blogspot.com

Nireuda Longobardi

Nasceu no Rio Grande do Norte e vive em São Paulo. Formada em Artes Plásticas pela Faculdade de Belas Artes de São Paulo. É arteeducadora e pesquisadora de histórias tradicionais, escritora e ilustradora de literatura infantil e juvenil, ilustra cordéis com a técnica da xilogravura.
Seu livro *Mitos e lendas do Brasil em cordel* foi selecionado pela FNLIJ para a Feira de Bologna em 2011 e para o PNBE 2012, além de ter sido escolhido como um dos 100 livros imperdíveis eleitos pela Revista Nova Escola em 2012. Outro livro seu, *Escolha seu dragão*, criado em parceria com a escritora Rosana Rios, tambem foi selecionado pela FNLIJ e representou o Brasil na Feira de Bologna 2012.

Contato:
nireuda@gmail.com
www.nireuda.blogspot.com